AF221238

WAHRE LÜGEN - GESCHICHTEN

27 wahre Lügengeschichten!
Vielleicht ist es mir gelungen, ein wenig
Heiterkeit zu wecken in dieser so tristen
Corona - Zeit.
Ich überlasse es dem Leser zu entschei-
den, welche Geschichte wahr und wel-
che rein erfunden ist.
Viel Spaß!

WAHRE LÜGEN - GESCHICHTEN

Etwas zum Schmunzeln

4

Herstellung und Verlag:
BoD - Books on Demand, Norderstedt
ISBN 978-3-7534-2594-8

GLIEDERUNG:

1. KINDERWÜNSCHE

Zwei Mädchen spielen mit ihren Puppen. Mit der Zeit wird es ihnen langweilig. Da kommen sie ins Philosophieren.
Die eine hebt den Kopf und sagt: Weißt du Karin, ich hätte auch gerne einen neuen Papa, so wie Hilde. Dann bekäme ich auch ständig neue Geschenke.
Da sagt die andere, dass sie auch einen Wunsch hätte.Gerne würde siw einen BH tragen wollen, dann würden ihre Brüste auch so wachsen, wie bei Lena.
Darauf wieder die erste: Ich möchte auf jeden Fall größer sein, damit ich beim Schwarzfahren mit Mamas Auto besser an die Pedalen reiche.
Nun wieder die Erste:
Mein ganz besonderer Wunsch ist es alt sein, damit ich nicht in die doooofe Schule muss. Ich weiß auch schon welchen Beruf ich dann wählen würde. Ich möchte Rentner werden, dann kann

ich mich immer so bedienen lassen, wie unser Opa.
Mama sagt dazu immer:
Ja, Rentner müsste man sein!

2. DIE MUTPROBE

Als Kinder machten wir manchmal ganz
schön gefährliche Spiele. Eine Zeitlang
war die Mutprobe das beherrschende
Spiel.
Eigentlich hatten alle Eltern ihren
Kindern verboten in die Nähe der Leba
zu gehen. Aber was verboten war, zog
besonders an.
Irgend jemand von den älteren Kindern
war auf den Gedanken gekommen über
die Leba ein Seil zu spannen, an dem
man sich hinüber hangeln konnte. Das
Seil hatte von Baum zu Baum immerhin
eine Länge von knapp 20 Meter, davon
waren etwa gut 10 Meter über dem
Wasser.
Eigentlich war das wirklich nur etwas
für Schwimmer. Denn wenn man es
nicht schaffte konnte man in die Leba
fallen und die war ganz schön gefährlich reißend und an manchen Stellen
auch recht tief.
In weiser Voraussicht hatte mir mein

Vater das Schwimmen beigebracht,
denn auf einem Bauernhof hat keiner
Zeit die Kinder den ganzen Tag zu
beaufsichtigen.
Regelmäßig nach Feierabend trafen sich
die Großen am Seil und machten ihre
Mutproben.
Das Ganze lief so ab, dass jeder, der es
schaffte eine Mark Belohnung bekam.
Wer es aber nicht schaffte, musste
dagegen zwei Mark als Strafe zahlen.
Das traf am Anfang fast alle, denn auch
die jüngeren, die teilweise noch gar
nicht schwimmen konnten, beteiligten
sich am Wettbewerb.
Dadurch war nach einiger Zeit einiges
Geld in der Kasse.
Passieren konnte eigentlich nicht viel,
denn wenn einer hinein fiel, standen
genügend Schwimmer bereit, um ret-
tend ein zu greifen.
Gefährlich war es nur, wenn Nichtschwimmer alleine dort hingingen.
Und genau das trat eines Tages ein!
Ein Nichtschwimmer war hinein

gefallen, aber niemand war da um ihn
sofort wieder heraus zu fischen.
Zum Glück waren auf einer nahen
Wiese einige Erwachsene beim Heu
wenden, die sofort um Hilfe gebeten
wurden.
Halb bewusstlos konnte der Junge
gerade noch rechtzeitig gerettet werden.
Das hätte auch ganz schnell ins Auge
gehen können!
Danach wurde das Seil abgeschnitten
und allen verboten ein neues anzu-
bringen.

3. BALANCE

Auf einer meiner Gruppenreisen durch
Indonesien machte wir in einem kleinen
Dorf am Rande eines riesigen Urwaldes
Station.

Am nächsten Morgen brachen wir auf
zu einer Urwald - Wanderung mit dem
Ziel, eine Affenstation zu besuchen. Die
war hier mitten im Urwald eingerichtet
worden, um aus der Gefangenschaft
befreite Tier aufzupäppeln und mit der
Zeit wieder in die Freiheit zu entlassen.
Komisch, jetzt waren sogar zwei Führer
bei uns, einer vorne und einer hinten.
Hatte die Angst, jemanden zu verlieren?
Der Weg war recht beschwerlich, weil
Lianen den Weg, nein den Pfad stark
einengten. Aber man konnte erkennen,
dass wir hier sicher nicht die ersten
Wanderer waren.

Nach einer halben Stunde standen wir
vor einem etwa 10 Meter breiten
reißenden Bach. Das Problem war aber,
dass die Affenstation auf der anderen

Seite lag. Für die Überquerung gab es
zwei Möglichkeiten. Entweder hier über
die schmale Bohle zu balancieren oder
einen weiten Umweg von ca. 2 Kilo-
meter bis zur nächsten Furt zu laufen.
Wobei die Furt zwar ungefährlich, aber
doch auch mit etwa 80 Zentimeter Tiefe
nasse Kleider bereiten würde.
Die Bohle hatte aber nur etwa 20 cm
Breite und 15 cm Stärke, dafür war sie
aber insgesamt mindestens 12 Meter
lang von einem Auflager bis zum anderen.
Der Reiseleiter fragte nun in die Runde,
wer bereit wäre über diese Bohle zu gehen.
Erst meldete sich niemand.
Nach einer Weile sagte ich, dass ich es
versuchen würde, obwohl ich genau
wusste, dass ich mit dem Gleichgewicht
inzwischen so meine Probleme hatte.
Aber als Kinder hatten wir solche Ba-
lance-Übungen oft gemacht. Daher
wusste ich noch, worauf es ankam.
Auf keinen Fall durfte man durch den

eigenen Rhythmus die Eigenschwin-
gungen der Bohle überlagern, dann
würde man abgeworfen, wie von einem
scheuen Pferd.

Danach meldete sich noch eine junge,
sportliche Frau, sowie ein junger Mann,
der schon mehrfach aufgefallen war mit
flotten Sprüchen.

Der zweite Begleiter wollte daraufhin
mit dem Rest der Truppe in Richtung
Furt aufbrechen. Aber alle wollten erst
sehen, wer alles reinfallen würde.

Wer fängt an, wieder die Frage des Rei-
seleiters.

Wieder meldete sich niemand!

Darauf meldete ich mich erneut.

Gut, sagte er, er würde jetzt mit unseren
Wertsachen zuerst hinüber gehen. Wir
sollten nur genau das tun, was er mache,
dann könne gar nichts passieren.

Dann ging er auch schon los.

Natürlich kam er gut darüber, denn sicher hatte er es schon oft geübt.

Dann stieg ich auf die Bohle und ging
langsam los, immer darauf bedacht, die

Bohle nicht in Schwingungen zu versetzen. Dabei blickte ich auf einen festen Punkt auf der anderen Seite.
Es ging gut!
Dann war die junge Frau an der Reihe. Sie meisterte die Bohle, als ob sie da jeden Tag hinüber laufen würde.
Dann der Großschwätzer!
Unsicher stieg er auf die Bohle und mit festem Schritt ging er los, den Blick nach unten gerichtet, was schon mal falsch war.
Dabei kam die Bohle so stark in Schwingungen, dass er genau in der Mitte des Flusses ins Wasser fiel!
Da er aber ein guter Schwimmer zu sein schien, erreichte er das andere Ufer schwimmend. Dafür war er nun pudelnass!
Danach setzte sich der Rest der Gruppe endlich in Bewegung, um durch die Furt auch die andere Seite zu erreichen.
Nach einer knappen Stunde waren wir endlich alle wieder beisammen.
Allerdings waren alle außer der jungen

Frau und ich fast ganz nass, denn auch die Furt führte heute besonders viel Wasser.

4. DIE KLEINBAHN

Als ich etwa 3 Jahre alt war nahm mich
mein Vater mit auf einen Verwandten-
besuch.
Unterwegs kreuzten wir eine Bahnlinie.
Und weil gerade ein Zug erwartet wurde, war die Schranke geschlossen. Wir
stiegen aus und stellten uns ans Gleis.
Mächtig schnaufend näherte sich der
Zug. Die Lok hatte mindestens 12 Wagen zu ziehen und machte deshalb einen
mächtigen Krach, dabei wurde der
verbrauchte Dampf durch Ventile
seitlich heraus gepresst.. Da ich nur
knapp zwei Meter vom Gleis entfernt
stand, fuhr sie gaaaaaaanz nahe an mir
vorbei. Das hat mich sehr stark beein-
druckt.
Jahre später, ich war im ersten Schul-
jahr, fragte der Lehrer in der Schule,
wer eine Kleinbahn erklären könne.
Keiner meldete sich.
Sofort hatte ich das Erlebnis von vor
einigen Jahren vor Augen und ich mel-

dete mich spontan.

„Sie ist seeeeehr groß" war meine Erklärung!

Natürlich lachten jetzt alle. Aber ich versuchte ihnen den Unterschied zu einem normalen Fernzug zu erklären.

„Ein normaler Zug ist nämlich ganz klein, wie ein Spielzeug!"

Das konnte ich täglich beobachten, wenn sie, so in etwa 6 8 km Entfernung von unserem Hof am Horizont entlang huschte.

Einen richtigen Fernzug hatte ich aus der Nähe natürlich noch nie gesehen.

5. STORCH IM MOOR

Auf unserem Hof in Pommern wurde
nicht Kohle, sondern Holz und selbst
gestochener Torf verfeuert. Der war
beinahe so gut wie Kohle.
Aber das Torf stechen war eine sehr
mühselige Arbeit.
Mein Vater hatte dafür eine ganz beson-
dere Wiese, unter der sich richtig
schwarzer Torf befand.
Man hatte ein Loch gegraben, um an die
unteren Schichten heran zu kommen.
Mit der Zeit war so eine richtige Wand
entstanden, aus der man dann den Torf
mit einem speziellen Stecheisen abge-
stochen hat.
Dahinter bildete sich dann eine neue
Wiese, aber etwa drei Meter tiefer.
Die Stücke, die man abstach, waren
nass etwa 15 x 15 cm stark und etwa 30
cm lang. Die stapelte man dann ganz
vorsichtig auf der Wiese auf zum
Trocknen. Es dauerte manchmal
Wochen, bis die Stücke richtig trocken

waren. Dazu musste man mehrfach dort
hin fahren, um sie umzudrehen.
Ich war jedes Mal dabei, beschäftigte
mich mit Pflanzen und Tieren, die zur
Genüge im Gras zu finden waren. Sogar
einen Skorpion habe einmal gefunden.
Weil der schon recht gefährlich aussah,
hatte ich ihn nicht angefasst.
Gott sei Dank.
Manchmal wurde es dann aber trotzdem
ganz schön langweilig.
Einmal landete ein Storch genau auf
dem Nebengrundstück, ganz in meiner
Nähe. Zuerst war ich ihm nach gegangen. Dann plötzlich marschierte er aber
Schnur stracks auf mich zu!
Unwillkürlich ging ich rückwärts, ihn
aber immer im Auge behaltend.
Doch plötzlich machte ich einen Salto
rückwärts und war in der Stechgrube
auf dem Nachbarn-Grundstück ver-
schwunden.
Hätte mein Vater nicht zufällig in dem
Moment nach mir geschaut, wäre ich in
dem Morast elendig erstickt.

Schnell war mein Vater zur Stelle und
der Moor aus dem Schlamm befreit.
Außer einem tüchtigen Schreck war mir
nichts passiert, denn ich war ja weich
gefallen.
Natürlich bekam ich ein paar Klapse auf
den nassen Hintern, das zog war aber
verdient.
Nach gründlicher Dusche mit einem
Eimer Wasser war ich wieder sauber,
aber pudelnass!

6. HOSENDIEB

Auf einem Bauernhof gibt es das ganze Jahr über viel zu tun.
Jetzt war es Herbst und die Kartoffeln mussten „gesammelt" werden.
Damals besaßen wir aber noch keine Kartoffel -Rodemachiene.
Also war es noch reine Handarbeit.
Meistens waren dann einige junge Frauen als Helfer da, damit man schneller fertig wurde.
Alle knieten nebeneinander vor einer Reihe und rodeten die Kartoffeln mit einem Kartoffelhaken.

An einem schönen Herbstnachmittag waren wir auf dem hintersten Feld, direkt hinter der letzten Koppel.
Ich war zwar dabei, brauchte aber mit meinen siebgen Jahren noch nicht mit arbeiten.
Weil es recht warm war, beschloss ich ein Bad zu nehmen. Dazu bot sich die Viehtränke geradezu an.

Mein Vater hatte auf der Wiese einen Brunnen gegraben, aus dem man ganz frisches, kühles Wasser schöpfen konnte. Daneben stand ein Holztrog, aus dem die Tier dann trinken konnten. Heute wollte ich diesen Trog in Beschlag nehmen.

Ich schöpfte einige Eimer Wasser aus dem Brunnen und goss es in den Trog. Weil mich keiner beobachtete, zog ich meine Turnhose aus, hing sie auf einen Zaunpfahl und huschte nackt ins kühle Nass.

Das war richtig angenehm.

Zu der Zeit befanden sie aber zwei hübsche kleine Fohlen auf dieser Koppel, die mein Treiben neugierig aus der Ferne beobachtet hatten.

Gerne tobten wir miteinander auf der Wiese.

Nun, da ich im Trog saß kamen sie um zu schauen, was ich wohl in ihrem Trinktrog mache.

Ich scheuchte sie weg, denn jetzt wollte ich meine Ruhe haben.

Sie kamen aber immer wieder.

Plötzlich sah ich, wie das größere Fohlen an meine Hose schnupperte und ich
schrie. Es lief tatsächlich weg. Aber es
kam wieder und machte sich erneut an
meiner Hose zu schaffen. Ich schrie
erneut und es lief wieder weg, aber es
hatte jetzt meine Hose im Maul.

Ich raus aus dem Trog und mit Geschrei
rannte ich dem Fohlen nach über die
ganze Wiese. Von meinem Gebrüll
wurden die jungen Frauen auf dem
nahen Feld auf mich aufmerksam und
schaute nach mir.

Da sahen sie einen weißen Hintern über
die Wiese rennen und mussten schallend
lachen. Das Fohlen ließ dann irgend
wann meine Hose fallen und ich konnte
sie wieder anziehen.

Aber das Gelächter verfolgte mich noch
tagelang und wurde zum Hofgespräch.
Mir war das Ganze füüüüüürchterlich
peinlich.

7. KARTOFFELKLAU

Mein Vater kam erst 1947 aus der Gefangenschaft. Die Familie lebte zu dem Zeitpunkt unter sehr kargen Verhältnissen in Mecklenburg.

Nun war wenigstens mein Vater wieder da und es könnte ab jetzt ja nur besser werden.

Aber im Moment war er nur ein Esser mehr und das bei dem bisher schon sehr schmal gedeckten Tisch.

Nicht mal Kartoffeln gab es zu kaufen und zu Tauschen hatten wir Flüchtlinge ohnehin nichts. Also wurden wir regelmäßig von den Bauernhöfen gejagt!

Eines Abends sagte mein Vater zu mir, dass er uns jetzt Kartoffeln besorgen wollte, ich sollte aber mit gehen als Aufpasser.

Aha, das sollte eine geheimnisvolle Sache werden!

Als es dunkel war gingen wir aus der Stadt auf einen schmalen Feldweg. Am nächsten Kartoffelacker machte mein

Vater Halt. Die Kartoffeln blühten noch, waren also noch nicht ganz reif zur Ernte.

Schaute sich um und in alle Richtungen, ging an die nächste Staude und grub seitlich ein Loch, so tief bis er an die Kartoffeln kam. Dann nahm er ein bis zwei Kartoffeln heraus und machte das Loch wieder sauber zu. Das wiederholte er an den anderen Stauden, bis wir eine ganze Mahlzeit beieinander hatten. Dann gingen wir nach Hause.

Im Grunde war das ganz klarer Diebstahl. Aber mein Vater erklärte mir im Gehen, dass das den Kartoffeln überhaupt nicht schade. Im Gegenteil, dadurch würden die verbliebenen Kartoffeln viel größer und damit der Ertrag ergiebiger werden.

Als gelernter Bauer kannte er sich schließlich aus!

So hatte der Diebstahl für beide Seiten einen Nutzen.

Und unser schlechtes Gewissen war auch beruhigt!

8. DAS FERKEL

Als zehnjähriger Schüler hatte ich
nebenbei bei einer Bäuerin an Wochen-
enden und in den Ferien gearbeitet. Es
gab dafür täglich ein Mittagessen und
zwei Mark. Dadurch hatte wenigstens
ich ein gutes Essen.
Als ich aus der Schule kam und eine
Lehre antreten wollte gab ich diese Ne-
bentätigkeit auf.
Die Bäuerin zahlte mir nun meinen ver-
dienten Lohn aus.
Sie drückte mir ein Pfund Butter in die
Hand, gab mir einen Liter Milch für
meine Geschwister und bat mich mitzu-
kommen. Den Rest würde sie mir im
Stall geben.
Vor der Schweinebucht, in der eine Sau
mit zehn Ferkeln lag, blieb sie stehen.
Nun fragte sie mich, welches Ferkel mir
am besten gefalle. Da ich mich natürlich
so schnell nicht entscheiden konnte ging
sie in die Bucht, griff das größte Ferkel

und drückte es mir in den Arm!
Das ist dein Lohn, sagte sie schmun-
zelnd dazu.
Total verdattert stand ich da.
Als sie das erkannte, sagte sie zu mir,
das hast du dir redlich verdient. Und
damit schickte sie mich mit guten
Wünschen an die Familie nach Hause.
Im Gehen schossen mir viele Fragen
durch den Kopf:
Würde ich das Ferkel überhaupt bis zu
Hause tragen können?
Würde es geduldig auf meinem Arm
sitzen bleiben?
Und was würde mein Vater dazu sagen,
das war meine größte Sorge. Wir hatten
doch gar keinen Platz. Und das Ferkel
in der Wohnung zu halten, kam wohl
nicht in Betracht.
Tapfer ging ich trotzdem meinen Weg.
Ich streichelte es ab und zu, was ihm
wohl ganz gut gefiel.
Dann endlich war ich zu Hause, meine
Arme wurden mir schon ganz schön
lahm.

Wieder Erwarten war mein Vater hoch erfreut. Er würde sofort zu Onkel Willi gehen, bei dem wir wohnten, um ihn zu fragen ob wir an sein Gartenhaus hinten einen Anbau errichten dürften.

Mein Onkel war einverstanden, erhoffte er sich dadurch doch endlich eine Gegenleistung von uns.

Nach einem Jahr war das Schwein ausgewachsen und schlachtreif.

Es gab ein richtiges Schlachtfest, bei dem mein Onkel natürlich seinen Anteil ab bekam.

9. ZUCKERSAMEN

Neben unserer Schule gab es einen
Kolonialwarenladen, in dem es
eigentlich alles gab, was man so auf
dem Lande brauchte.
Am besten ist mir aber noch in Erinne-
rung, dass auf der Theke immer 5 bis 6
Bonbonieren standen. Das waren
Glasbehälter so etwa 30x 30 x30 cm mit
einer schrägen Öffnung durch die man
hinein greifen konnte.
Man durfte sich selbst die Bonbons
heraus nehmen, wobei ein kleines einen
Pfennig und ein großes meist zwei
Pfennige kostete. Ich durfte da nie
hinein fassen, denn das Problem war,
dass wir Kinder eigentlich nie über
Geld verfügten. Denn Taschengeld gab
es nicht und Bargeld hatten nur die
Erwachsenen. Es sei denn, man hatte
für irgendeine Gefälligkeit ein paar
Pfennige verdient oder der Mutter
heimlich etwas aus ihrem Geldbeutel

gestohlen.

Aber dabei durfte man sich nicht
erwischen lassen.

Auch Zucker gab es dort natürlich.

Eines Tages hatte die Mutter meines
Freundes Gerhard uns gebeten fünf
Pfund Zucker aus dem Laden mitzu-
bringen, den sie dringend brauchte zum
Zufüttern der Bienen, weil die wegen
schlechtem Wetter nicht ausfliegen
konnten. Im Bienenhaus stand immer
etwas Zucker, aber Frau Hamel hatte
uns eingebläut, dass ihr Zucker im
Bienenhaus für uns das reinste Gift sei!
Daran hielten wir uns.

Die Hälfte des Weges ging alles gut.
Doch mit der Zeit wurde die zusätzliche
Last zu unseren Ranzen doch recht
lästig und wir mussten den Zucker
absetzen. Dabei ging eine der fünf
Tüten auf und der Zucker lachte uns
ganz verführerisch an!

Wir konnte beide nicht widerstehen und
steckten den nassen Finger in die Tüte.
Hmmmm, schmeckte der aber gut, gar

nicht wie Gift!
Und schon waren wir mit zwei Fingern
in der Tüte.
Mit der Zeit nahmen wir den Zucker
sogar mit der ganzen Hand aus der
Tüte.
Wir kamen so richtig in einen Zucker-
rausch!
Doch dann mussten wir ernüchternd
feststellen, dass die Tüte nur noch halb
voll war. Das würde sicher Ärger geben,
denn Gerhards Mutter war sehr resolut
und streng.
Da kamen wir auf einen Trick. Wir
öffneten alle Tüten und schütteten den
Zucker so lange um, bis in allen Tüten
die gleiche Menge war. Freilich war
jetzt in keiner Tüte ein Pfund, aber wir
vertrauten darauf, dass seine Mutter
nicht nachwiegen würde.
Wir hatten Glück.
Jetzt waren aber unsere Hände voll ge-
klebt mit Zucker. Da kamen wir auf die
geniale Idee, den restlichen Zucker von
den Händen am Wegesrand aus zu säen.

Dann könnten wir nächstes Jahr spätestens vielleicht Zucker ernten?!
Immer wieder haben wir das im Vorbeigehen überprüft.
Leider haben wohl die Vögel den Zuckersamen gefressen, denn er ging leider nicht auf!

10. BIENENSTICHE

Oft war ich bei unseren Nachbarn, denn
ich hatte mich mit Walter, dem mittleren
Sohn, richtig angefreundet. Er bastelte
oft mit mir, wenn Zeit war. Auch zeigte
er mir so manchen Trick, etwas zu repa-
rieren.
Aber besonders gerne war ich mit ihm
bei seinen Bienen, die damals aber noch
recht aggressiv waren. Er hatte ungefähr
25 Bienenstöcke hinten im Gemüsegar-
ten.
Eines Tages, es war im Frühsommer,
die ersten Frühkirschen wurden gerade
reif. Da fragte er mich so im Gehen, ob
ich gerne Kirschen esse.
Natürlich, antwortete ich ihm freude-
strahlend. Gerade bei den Bienen angekommen zeigte er auf die drei kleinen
Kirschbäume und meinte, ich könne
mich bedienen, so viel ich wolle.
Das Angebot war sehr großzügig und
verlockend, denn die kleinen Bäumchen
hingen voller reifer Kirschen.

Aber dabei gab es ein Problem, denn
die Bäumchen standen direkt vor den
Ausflugslöchern der Bienenkästen, was
ich ganz vergessen hatte.

Doch da musste ich nun wohl durch!
Mutig ging ich an den ersten Baum und
begann zu pflücken und zu essen.

Das ging eine ganze Weile gut, obwohl
ich ganz schön ins Schwitzen gekommen war. Leider aber merken auch die
Bienen, wenn jemand nervös ist oder
ins Schwitzen gerät.

So dauerte es nicht lange und die erste
Biene wollte mich aus ihrem Bereich
vertreiben. Den ersten Stich bekam ich
in die Wade. Ich zerdrückte sie und aß
weiter.

Dann der zweite in die rechte Hand! Ich
zerdrückte auch sie und aß immer noch
weiter.

Erst als mich die dritte Biene hinten am
Hals stach, begann ich den Rückzug.
Allerdings erst, nachdem ich mir noch
beide Hände voller Kirschen gepflückt
hatte.

Walter hatte mich von hinter den Bienenkästen, also aus sicherer Entfernung
genau beobachtet.
Er empfing mich mit den Worten, dass
er mich schon nach dem ersten Stich erwartet hätte. Denn auch er wusste genau, wie schmerzhaft so ein Stich sein
konnte.
Er ging mit mir nun zum nächsten
Zwiebelbeet, riss eine Zwiebel aus und
rieb mir die Stiche damit ein.
Im Nu waren die Schmerzen weg –
bildete ich mir jedenfalls ein.
Aber die Schwellungen waren noch
lange zu sehen.

11. BACKPULVER

In den Sommerferien hatten wir
eigentlich immer Besuch. Da kamen
meine Tanten abwechselnd, um auch in
der Ernte zu helfen. Natürlich fiel dann
immer auch etwas für sie ab, ein ge-
schlachtetes Huhn oder ein Stück aus
der Räucherkammer, denn dort hingen
immer einige Schinken und auch geräu-
cherte Spickbrüste von Gänsen.
In einem Sommer war Tante Emma mit
Sohn da. Martin war zwei Jahre älter als
ich.
Wenn Martin da war, wurde immer irgend ein Blödsinn gemacht.
Von ihm lernte ich Steinschleudern zu
bauen. Zur Probe schossen wir in der
Kiesgrube hinter dem Stall erst auf
Blechbüchsen und später sogar auf die
kleinen Stallfenster, was mir eine Tracht
Prügel einbrachte.
Er aber kam heil davon.
Als wir nichts mehr anzustellen wuss-
ten, meinte Martin, wir könnten ja auch

etwas bauen.

Unsere Wahl fiel auf eine Backofen, in dem wir dann vielleicht unser Brot selbst backen könnten.

Das Projekt war schnell in die Tat umgesetzt, denn schließlich besaßen wir einen richtigen großen Backofen sozusagen als Vorlage.

Ziegelsteine lagen in der Kiesgrube genug herum und Lehm zum Vermauern gab es unten in den Wiesen.

Wir schleppten alles in die Kiesgrube und fingen an.

Der Backofen sollte so etwa die Größe haben von 80 x 80 cm haben. Oben ein Dach , wie ein Haus, denn Dachziegel hatten wir auch gefunden.

Dann war es Abend.

Gleich am nächsten Morgen würden wir weiter machen.

Gesagt, getan, das Projekt wuchs und wuchs.

Schon am Mittag waren wir fast fertig.

Am Nachmittag dann nur noch ein paar Verbesserungen und dann konnten wir ihn auch schon anheizen.

Ich schlich mich in unsere Speisekammer, wo alle Essensvorräte gelagert waren.

Nach Gefühl suchte ich alles zusammen, was in einen Kuchen gehört, steckte es in meine Hosentaschen und zog mit samt einem Henkeltopf wieder ab in die Kiesgrube.

Unterwegs stattete ich dem Hühnerstall noch einen Besuch ab, um ein frisches Ei mit zu nehmen.

Inzwischen hatte Martin den Ofen angeheizt.

Schnell waren alle mitgebrachten Zutaten im Topf verrührt.

Als der Ofen seine optimale Hitze erreicht hatte kratzten wir die Asche heraus und schoben den Topf hinein.

Nach geraumer Zeit machte ich mit einem Strohhalm die Probe, aber der Kuchen war noch nicht gar.

Das lag daran, dass der Ofen sich inzwischen abgekühlt hatte.

Also den Topf heraus und noch einmal

richtig Feuer gemacht.

Dann den Topf wieder hinein. Endlich war der Teig gar.

Nun nahm ich den heißen Topf und wir gingen damit Richtung Küche.

Wir kamen gerade richtig, denn so gegen 16 Uhr machte man bei uns meist eine kleine Kaffeepause.

Stolz stellte ich den Topf auf den Tisch und sagte zu meiner Mutter, sie dürfe ihn Anschneiden.

Sie schnitt unser Erstlingswerk an und zog das erste Stück heraus.

Erwartungsvoll biss sie hinein und stellte fest, dass der Kuchen zwar gut schmecke, aber fürchterlich hart sei.

„Da hast du ja das Backpulver ver-gessen!"

Ich beteuerte, dass ich garantiert an Backpulver gedacht hatte. Dabei fasste ich in meine Hosentasche.

Zum Beweis zog ich ein Päckchen Backpulver heraus. Da lachte meine Mutter und meinte, dass ich das hätte in den Kuchen tun sollen, anstatt es in der

Hosentasche zu vergessen.
Ich habe im Leben inzwischen schon
viele Kuchen gebacken, aber Backpulver habe ich dabei nie mehr vergessen!

12. SONJA

Die ersten zwölf Jahre meiner Kindheit
verbrachte ich in Hinterpommern, dem
jetzigen Polen. Es war eine recht
harmonische Zeit, bis wir 1945 den
Krieg verloren hatte.
Plötzlich kamen Polen gefahren und
besetzten einfach die deutschen Bau-
ernhöfe. Auch bei uns gab es nun neue
Besitzer. Aber wir hatten Glück, denn
sie ließen uns weiterhin dort wohnen
und leben.
Außer, dass überall Chaos herrschte, es
keinen Strom gab und keine Schule war,
hatte sich für uns Kinder erst mal wenig
geändert. Jetzt spielten wir eben auch
mit den polnischen Kindern, sofern sie
es wollten.
Ich ging nach wie vor zu unseren Nachbarn, so wie früher.
Doch die Buben, inzwischen stramme
Soldaten, waren alle drei im Krieg ver-
schollen.
Dafür hatte die polnische Familie eine

nette Tochter mitgebracht, sie hieß
Sonja.
Sie war etwas älter als ich, konnte aber
sehr gut deutsch. Sie fiel auf durch ihr
hübsches Aussehen, dem blonden
Pferdeschwanz, der schlanken Figur
und durch ihre roten Lederstiefel, die
sie wohl irgendwo abgestaubt haben
musste.
Sie war auch gerne in der Umgebung
unterwegs und so zogen wir manchmal
zusammen um die Häuser.
Dann flüchteten wir nach Deutschland
und Pommern war plötzlich vergessen.

Über fünfzig Jahre später besuchte ich
wieder meine alte Heimat. Und ich ging
auch auf den Hof unserer Nachbarn, so
wie früher. Ich blieb aber am Hofein-
gang stehen und betrachtete die
Gebäude. Komisch, hier war alles viel
besser erhalten als bei uns.
Wie ich so in meinen Gedanken versunken noch da stand, ging plötzlich die
Haustüre auf und eine Frau trat auf den

Hof.

Obwohl ich mich nicht bewegt hatte sah sie mich sofort.

Nachdem wir uns eine Weile so starr angeschaut hatten kam sie langsam auf mich zu und sagte fast unhörbar „Gregor"!

Auch in mir waren blitzartig die alten Erinnerungen wieder wach und ich antwortete leise „Sonja".

Jetzt kam sie auf mich zu und nahm mich stumm in den Arm.

Nachdem sie sich erkundigt hatte wie und wo ich herkomme bat sie mich ins Haus.

Hier sah es jetzt viel sauberer aus als früher bei unseren Nachbarn, denn die waren etwas großzügiger in Bezug auf Sauberkeit.

Beim polnischen *Kawa* erzählten wir uns nun gegenseitig unsere Geschichten.

Ihre Eltern hatten 1945 tatsächlich den Hof übernommen, obwohl beide keine Ahnung von Landwirtschaft hatten.

Aber am Anfang war es allen nur darum
gegangen zu überleben. Und das war
auf dem Lande einfacher, weil man
Selbstversorger war.
Als sie ins heiratsfähige Alter kam
drängten ihre Eltern sie zu heiraten. Der
neue Schwiegersohn Hatte aber auch
keine große Lust auf Landwirtschaft
und verpachtet einige Felder. Dafür
erwarb er unten im Tal einige Wiesen,
um einen Fischteich direkt neben der
Leba anzulegen.
Mit den Fischen machte er gute Ge-
schäfte, kam aber auf die schiefe Bahn.
Bevor sie ihn verhaften konnten machte
er sich aus dem Staub!
Nach einem Jahr erhielt ich eine An-
sichtskarte von ihm mit Stempel aus
Stockholm. Danach kam nichts mehr.
Seitdem bin ich hier nun ganz alleine,
obwohl schon einige Männer angeklopft
haben.
Ich übernahm die Forellenzucht und
baute sie sogar beträchtlich aus. Jetzt
besitze ich sechs Becken und drei

Spezial-Fahrzeuge mit denen ich die
Fische lebend bis nach Deutschland
verkaufe, natürlich gegen harte Devi-
sen.
Damit lässt es sich sehr gut leben.
Unsere gesellige Runde hatte sich nach
einem kleinen Rundgang bis in den
Abend hingezogen. Mit einer guten
Flasche Rotwein klang dann der schöne
Abend aus.
Natürlich hatte ich danach die nötige
Bettschwere und Promille, so dass
Sonja mir an bot, bei ihr zu übernach-
ten.
Am liebsten wäre es Sonja gewesen,
wenn ich ganz da geblieben wäre.
Aber nach vierzehn Tagen zog es mich
wieder in die Zivilisation nach Deutsch-
land zurück.

13. DER MEDIZINER

Jedes Jahr in den Semesterferien fuhren
wir mit unseren Fahrräder zu dritt an die
Ostsee, um gemeinsam zu zelten.
Vorher wurde genau festgelegt, was wir
alles mitnehmen müssten. An alles
hatten wir gedacht.
Dann verteilten wir alles gleichmäßig
auf uns drei, so dass jeder etwa die
gleiche Last zu transportieren hatte.
Aber erst wenn wir beieinander waren,
war unser Haushalt komplett.
Mir war unter anderem auch die Not-
fall- Apotheke zugefallen, in der Hoff-
nung dass wir sie nie brauchen würden.
Eines Tages hatte sich ein Nachbar beim
Öffnen einer Büchse mit einem scharfen
Messer die Hand verletzt.
Da rief einer ganz laut nach einem Sani-
täter und schon rannte ich los mit mei-
ner Notfallapotheke in der Hand.
Ich besah mir den Schaden und begann
sofort die Wunde fast fachmännisch zu
Desinfizieren und dann zu verbinden.

Natürlich waren inzwischen viele
Zuschauer aus der Umgebung aufge-
taucht und jeder wusste einen gut ge-
meinten Rat.
Doch ich ließ mich gar nicht ablenken,
sondern machte meine Arbeit.
Als ich fertig war fragte mich einer der
Umstehenden, ob ich Mediziner sei.
Und in der Verwirrung nickte ich nur.
Seitdem war ich der Mediziner auf dem
Campingplatz.
Eigentlich war der Eindruck nur verse-
hentlich entstanden.
Aber das veranlasste uns, ab jetzt für
jeden einen anderen Beruf zu erfinden,
obwohl wir alle Architektur studierten.
Einer war ab jetzt Agrarstudent. Er kam
vom Lande und verstand etwas von
Landwirtschaft.
Der andere gab sich aus als Mechaniker,
denn er kümmerte sich immer um unse-
re Fahrräder. Und ich war eben der Me-
diziner.
Das machte uns richtig Spaß, die Leute
so zu verladen.

Ich wurde oft gerufen und hatte offensichtlich dem Beruf alle Ehre erwiesen.
Jedenfalls sind wir damit nicht aufgeflo-
gen.

14. RÄUBER

Als wir eines Abends aus der Stadt
zurück auf den Campingplatz gingen,
nahmen wir den Weg durch den Wald.
Er war zwar kürzer, aber dafür unbe-
leuchtet und richtig gruselig.
Kurz bevor wir den Zeltplatz erreichten,
hier waren die Bäume besonders dicht
und dunkel, hörten wir eine jämmer-
liche Stimme rufen:
„Räuber"!
Wir stutzten, um genau auszumachen
aus welcher Richtung der Hilferuf ge-
kommen war. Sicher würde sich die
Stimme erneut melden.
Da war sie wieder:
„Räuber! Räuber!"
Schon rannten wir los in die richtige
Richtung.
Da wieder:
„Räuber, Räuber, Räuberchen, Räuber-
chen".
Etwas beschämt schauten wir uns an
und machte kehrt, um uns weiter auf

den Heimweg zu machen.
Obwohl wir Nachforschungen anstell-
ten, wer wohl der Räuber gewesen war,
erfuhren wir es nie.

15. DER GROSCHEN

Unser Studium war recht stressig, dafür dann aber die Semesterferien um so entspannter,
Meisten fuhren wir mit dem Zelt an die Ostsee. Das war zwar nicht sehr komfortabel, aber dafür recht naturnah. Unser Zelt stand immer so, dass wir das Wasser sehen konnten und damit war auch das Wellenrauschen inklusive. Manche Camper störte das. Für uns war es die beste Melodie zum Einschlafen. Die meiste Zeit verbrachten wir natürlich am Strand. Das ging schon mal los mit der Morgentoilette. Man nahm die Zahnbürste mit Zahnpasta in den Mund und schwamm ein Stück hinaus. Dabei putzte man beim Schwimmen seine Zähne und bevor man wieder am Strand war, hatte man auch den Mund ausgespült.
Am Tage wurde viel gespielt, meist Fußball oder Volleyball.
Wenn es dazu zu warm war, lagen wir

auch mal nur träge im Sand und dis-
kutierten heiße Themen.
Genau das war an einem Nachmittag
unsere Beschäftigung.
Dabei fuhr mein Freund Jochen gelang-
weilt mit der Hand durch den Sand.
Dabei fand er einen Groschen!
Gläubig, wie mein Freund nun mal war
meinte er, dass dort sicher noch mehr zu
finde sei. Und er grub weiter .
Nach 10 Minuten hatte er beinahe eine
Mark beieinander. Zuletzt fand er nur
noch zwei einzelne Pfennige.
Einen davon vergrub er wieder an der
gleichen Stelle und steckte einen Stab
dazu.
Sicher, meinte er, würde dort in ein paar
Tagen eine Menge Groschen wachsen.
Als er nach einiger Zeit nach graben
wollte, war der Stab weg, den Kinder
beim Spielen heraus gezogen hatten.
Schade, es war doch so eine ergiebige
Stelle gewesen!

16. NINA

An der Ostsee hatten wir einen Campingplatz gefunden, der uns besonders
gefiel. Interessant war es immer, alte
Bekannte wieder zu treffen.
Da war z.B. am FKK eine Familie mit
einer kleinen Tochter, die hieß Nina.
Wenn sie nicht bei uns mitspielte ging
sie manchmal in Gedanken versunken
am Strand auf und ab. Dabei war sie so
in Gedanken, dass sie alles um sich
vergaß und mit dem Finger in der Nase
bohrte.
Immer wieder musste sie dann die
Mutter ermahnen:
„Nina, nimm den Finger aus der Nase!"
Aber Nina wurde auch älter.
Als wir in einem Jahr die Familie
besuchten, trug Nina einen Badeanzug.
Das kannten wir von ihr nun gar nicht.
Gerade wollten wir anfangen zu lästern,
da legte die Mutter unbemerkt den Finger vor den Mund und bekundete damit,
dass Nina in diesem Jahr ein Problem

hätte.

Also gut, das musste man akzeptieren, schließlich nahm Nina jetzt tatsächlich schon frauliche Formen an.

Doch da hatte ich einen Einfall!

Ich fragte sie, ob sie mit uns Ball spielen ginge und sie willigte begeistert ein, denn sie hatte in diesem Jahr noch keine Freundinnen gefunden.

Beim Ballspiel wurde man immer ganz schön warm, zumal auch noch die Sonne es gut mit uns meinte.

Anschließend gingen wir wie immer gemeinsam ins Wasser, natürlich „ohne".

Als wir uns umdrehten sahen wir, dass Nina kurz entschlossen ihren Badeanzug aus zog und uns nach sprang.

Natürlich sagte niemand etwas dazu.

Als wir wieder ans Zelt der Eltern kamen, wollte jetzt die Mutter etwas sagen und ich gab ihr ein Zeichen.

Später, als Nina zum Strand gegangen war, platzte die Mutter heraus: „Wie habt ihr denn das fertig gebracht?"

Ich antwortete ihr, dass wir gar nichts getan hätten, sondern es ihr nur vor gemacht hätten.
Seitdem war Nina wieder die alte!

17. REIFENPANNE

Unsere Kinder bekamen schon sehr frühzeitig fahrbare Untersätze.

Der Große fuhr mit seinem Dreirad so geschickt, dass man ihn problemlos in der Wohnung fahren lassen konnte, ohne dass er etwas beschädigte.

Später bekam er ein Bonanza-Rad, das gerade zu der Zeit richtig Mode war.

Danach bekam er ein richtiges Tourenrad, mit dem er dann auch in die Schule fuhr.

Der Kleine übernahm immer das abgelegte Rad vom Großen.

Ich verstehe manche Eltern, wenn sie behaupten, sie können ihren Kindern das Radfahren nicht beibringen.

Ich habe es bei beiden geschafft.

Beim Großen brauchte ich dazu ein paar Tage. Dem Kleinen brachte ich es an einem Abend bei. Habe dabei aber sicher einige kg abgenommen.

Zuerst bin ich mindestens eine Stunde hinter ihm her gelaufen, um das Rad stabil zu halten.

Als ich fast nicht mehr konnte ließ ich ihn ab und zu los. Und es ging auch schon ganz gut. Wenn er das aber merkte kippte er regelmäßig um.

Aber ihn verließ nie der Mut, denn er hatte ausreichend Ehrgeiz.

Mit der Zeit schaffte er es dann auch schon ohne meine Hilfe.

Als beide sicher fahren konnten machten wir sogar einige gemeinsame Ausflüge.

Eines Tages kam der Große aus der Schule und sagte, Papa ich habe Reifenpanne, du musst sofort den Reifen flicken!

Oh je, dachte ich, da kommt ja etwas auf mich zu! Denn es war gerade Mode, in der Schule sich heimlich die Reifen zu zerstechen!

Als ich am Abend von der Arbeit kam nahm ich den Großen beiseite und erklärte ihm, dass „*wir*" jetzt sein Fahrrad flicken würden.

Ich würde es übernehmen, ihm jeden

Handgriff zu erläutern, wobei er mir nur aufmerksam zuschauen müsste.

Beim nächsten Mal würden wir es dann aber genau umgekehrt machen. Er müsste parieren und ich würde nur zuschauen.

Gesagt, getan.

Die nächste Reparatur stand bald an.

Ich half ihm, alles notwendige Werkzeug her zu legen.

Dann ging es los und zwar *ohne* meine Hilfe.

Er hatte gut aufgepasst, denn es klappte ganz ausgezeichnet.

Schlauch raus, Loch gesucht, Flicken drauf und schon konnte er wieder zusammen bauen.

Ich ließ ihn sogar schon eine Weile ganz alleine arbeiten, weil ich nebenher auch eine noch wichtige Beschäftigung hatte.

Als er fertig war pumpte er den Reifen auf. Doch egal, wie lange er pumpte, der blieb einfach schlapp!

Also, sagte ich zu ihm, dass er nun den Schlauch noch einmal wieder heraus nehmen müsste, weil ihm ganz sicher ein Fehler unterlaufen sei. Ich ahnte sogar schon, was passiert sein könnte.

Als er den Schlauch wieder heraus hatte stellte er fest, dass er jetzt ein neues, viel größeres Loch hatte.

Ja, sagte ich zu ihm, du hast beim Einhebeln des Mantels den Schlauch eingeklemmt und so ist ein neues Loch entstanden.

Schnell hatten wir es gemeinsam wieder geflickt und vorsichtig zusammen gebaut.

Nun hielt die Luft.

Das ist dem Großen nie wieder passiert.

18. DER VERLORENE SOHN

Der Kinderarzt hatte uns empfohlen mit
unseren Kleinkindern in unserem Urlaub möglichst immer auf den gleichen
Platz zu fahren.
Das hatte wirklich große Vorteile, nicht
nur für die Kinder, sondern auch für
uns. Denn wenn wir ankamen brauchten
die Kinder nur ganz wenig Zeit, um sich
dort zurecht zu finden. Und wir konnten
sie leichter beaufsichtigen.
Üblich war es auf unserem Campingplatz, dass man bei Ankunft zuerst auf
die Aussichtsplattform des Wassertur-
mes stieg, um einen günstigen Platz
auszusuchen. Dazu nahmen wir natürlich auch die Kinder mit.
Nachdem alles aufgebaut war, gingen
wir regelmäßig zum Strand, denn dort
hatten die Kinder viele Spielmöglich-
keiten. Meistens machten wir zuerst
einen Spaziergang zur Mole. Da gab es
immer etwas zu sehen. Denn die
begrenzte die Hafeneinfahrt, wo oft

Boote herein und hinaus fuhren.
Vorsichtshalber hatten beide auffällig
rote Sonnenhüte auf, damit man sie von
anderen Kindern besser unterscheiden
konnte.
Dort ließ ich sie eine Weile zwischen
den großen Steinen hin und her
krabbeln, denn sie beobachteten nun
mal gerne Fische und Krebse.
Nach einiger Zeit war es dann aber Zeit
wieder zum Wohnwagen zurück zu gehen.
Doch das war immer ein Problem, denn
genau dann gab es garantiert noch etwas
ganz Wichtiges zu sehen und wenn es
nur ein paar seltene Krebse waren.
Es half nur, nach mehrmaliger Auffor-
derung, schon ganz langsam den Rück-
weg anzutreten. Wobei ich die beiden
Kinder trotzdem immer im Auge be-
hielt.
Ich hatte kaum dreißig Meter am Strand
zurück gelegt da merkte ich, dass der
Große mir zwar nach kam, aber der
Kleine wie vom Erdboden verschluckt

schien!

Nirgends war der Junge mit dem roten Hut zu finden.

Natürlich waren hier am Strand viele Leute. Auch einige Sonnenschirme verdeckten die genaue Übersicht.

Mehrmals ging ich hin und zurück.

Aber auch bei genauester Suche konnte ich meinen Kleinen nicht mehr finden.

Verzweifelt ging ich zu unserem Wohnwagen zurück, der in diesem Jahr in einer der hintersten Reihen stand, weil schon alles besetzt gewesen war.

Natürlich hatte ich ein ganz schlechtes Gewissen und ich redete mir ein, die Aufsichtspflicht grob verletzt zu haben. Ich malte mir schon die schlimmsten Szenarien aus, dass beispielsweise Kinderhändler ihn entführt haben könnten.

Mehrmals ging ich den Weg nochmals vom Wohnwagen zum Strand und wieder zurück, sogar auf verschiedenen Wegen.

Nichts!

Nun stand ich ratlos im Wohnwagen

und überlegte, welche Möglichkeiten denn noch bestanden. Dabei schaute ich zum Fenster hinaus direkt auf den Nachbarplatz.

Die Nachbarin, eine Französin, war gerade dabei Salat zu putzen. Da sah ich, dass unser Kleiner bei ihr saß und ihr erklärte, dass diese Salatabfälle seinem Meerschweinchen zu Hause gut schmecken würden.

Ich sprang aus dem Wohnwagen und ging zur Nachbarin, die von dem Verschwinden meines Sohnes noch gar nichts mit bekommen hatte. Freudig nahm ich ihn in den Arm und fragte ihn, wie er denn hier her gekommen sei.

Da erklärte er mir, dass es ganz einfach war.

Als er mich plötzlich nicht mehr am Strand gesehen hätte, fiel ihm der Wasserturm auf. Da kam er sofort auf den Gedanken, vom Wasserturm aus unseren Wohnwagen zu suchen.

Deshalb war er nicht am Strand entlang, so wie wir immer gekommen waren,

sondern direkt nach hinten auf den
Campingplatz gegangen.
Da er aber zu klein war, um über die
Brüstung zu schauen, hatte er sich von
einem anderen Urlauber hoch heben
lassen.
Dabei hatte er sich orientiert und war
dann geradeswegs zu unserem Wohnwagen zurück gegangen.
Leider war der aber verschlossen weil
ich noch suchend unterwegs war und so
sei er zur Nachbarin gegangen, wo ich
ihn fand.
Er hatte die Situation ganz entspannt
erlebt, im Gegensatz zu mir!
Ich nahm mir aber vor Vorsorge zu
treffen. Ab jetzt trugen beide Kinder
immer zuerst eine Muschel am Hals, auf
der unsere Zeltnummer stand. So
könnten sie immer Erwachsene bitten
unseren Zeltplatz zu finden.

19. FISCH AUSNEHMEN

Auf unserem Campingplatz gab es
immer sehr viel Aktivitäten.
Zum Beispiel gab es Wettbewerbe am
Strand, wer die interessanteste Sandburg bauen konnte. Dafür gab es sogar
Prämien. Natürlich engagierten sich
dabei sogar manche Väter mit.
Außerdem gab es dort sehr viele Möglichkeiten sich zu beschäftigen.
Ein Hobby war das Angeln, an dem
unsere beiden Kinder großen Gefallen
gefunden hatten. Also wurde immer
zuerst der Strand abgesucht, um Material zu finden. Wir brauchten einige
Flaschenkorken, einige Federn und
Angelsehne. In der Regel fand man
dieses Material alles bei einem Strandspaziergang.
Was wir nicht fanden hatte ich vorsorg-
lich schon zu Hause eingepackt, ohne es
aber zu sagen.
Lange Angelruten fanden wir immer in
den Schilfstreifen zwischen den

Zeltreihen. Da gab es so viel Material,
dass man zwei Ruten ohne eine Lücke
zu schaffen heraus schneiden durfte.
Dann ging es an die eigentliche Arbeit.
Aus den Korken wurden Schwimmer
geschnitzt, durch den dann eine Feder
gezogen wurde.
Manchmal hatte ich sogar etwas rote
Ölfarbe dabei, mit der ich den Schwimmer anstreichen konnte. Dann war besser zu erkennen, wenn etwas angebissen
hatte.
Dann musste der Haken mit der Sehne
verknotet werden. Dazu bedurfte es
aber besonderer Fertigkeit, denn der
Knoten musste den Haken richtig fest
umschließen.
Zum Schluss mussten wir nur noch ein
paar Bleistücke an der Sehne unterhalb
des Schwimmers anbringen, damit der
Haken nach unter gezogen wurde.
Regenwürmer suchen war die letzte
Aufgabe, aber es ging auch mit Brot zu
angeln.
Beide hatten nun eine Angel und ich

ging mit ihnen auf die Mole, dort in der Hafenzufahrt bissen die Fische nach meiner Kenntnis am besten.

Man musste nun nur noch viel Geduld mitbringen.

Natürlich hatten sich beiden aber vorher bei mir versichert, dass ich ihnen alle Fische, die sie je fangen würden, auch braten würde.

Dann ging es los.

Jetzt hatte ich etwas Verschnaufpause, denn nun wusste ich sie gut aufgehoben.

Am ersten Tag brachte jeder einen ganzen Fisch von etwa 5 cm Länge nach Hause.

Das gab schon fast ein Festessen. Auf jeden Fall roch der ganze Wohnwagen schon mal kräftig nach Fisch!

Am zweiten Tag war der Ertrag nicht viel ergiebiger. Dann trafen sie zwei ältere Jungen, die sich gut auskannten. Die zeigten ihnen Stellen, wo Fische noch viel besser bissen. Und so brachten sie am dritten Abend einen ganzen Eimer voller Fische nach Hause.

Jetzt artete das Hobby aber in Arbeit
aus, dachte ich. Ich beklagte mich zwar
nicht, aber ich bat beide beim Ausneh-
men mir gut zuzuschauen, denn es
könnte ja sein, dass sie es bald selbst
machen müssten.

Der Kleine war noch so klein, dass ich
ihm einen Mauerziegel vor das Wasch-
becken legen musste, damit er überhaupt über den Beckenrand sehen
konnte.

Tatsächlich nahmen sie ihre Fische mit
der Zeit selbst aus, wobei der Große
sich beklagte, dass ihm Fisch zu sehr
stinke.

Dann ließ aber die Angelleidenschaft
wieder nach, weil etwas anderes wich-
tiger wurde.

Der Urlaub war zu Ende und wir fuhren
nach Hause, und die Schule begann
wieder.

Da kam der Kleine eines Tages ganz
stolz nach Hause und erzählte, dass
heute in der Schule etwas ganz Besonderes passiert sei.

In Biologie brachte der Lehrer einen
frischen Fisch mit und fragte in die
Runde, wer sich getrauen würde den
auszunehmen. Keiner meldete sich!
Da meldete sich unser Kleiner, er war
auch in der Klasse der Kleinste und
meinte, dass er es machen würde.
Fachgerecht nahm er den Fisch aus,
sogar ohne die Gallenblase zu verlet-
zen,die macht den Fisch sonst unge-
nießbar.
Alle staunten nur!!!
Da fragte der Lehrer,wo er das denn
gelernt hätte.
Da sagte er nur: *„Von meinem Vater auf
dem Campingplatz!"*

20. MADAME ANIE

Wir fuhren, wie in jedem Jahr nach
Südfrankreich auf unseren Campingplatz.
Wir hatten ein französisches Ehepaar
als angenehme Nachbarn, die aber
leider kein Deutsch sprachen. Es reichte
aber, um uns zu jeder Tageszeit wenigstens freundlich zu grüßen.
Sie waren nicht nur freundlich, sondern
auch lustig. Als wir und sie eines
mittags beim Essen saßen sprang sie
plötzlich auf und rannte zur Wäsche-
leine, die auf der Grenze zwischen uns
gespannt war. Sie schlug die
Handtücher hoch und schaute uns an.
Dabei machte sie eine Handbewegung,
dass wir uns unbedingt sehen müssten!
In diesem Jahr gab es aber eine Beson-
derheit bei uns:
Wir hatten ein Urlaubs - Fahrrad dabei!
Das war eine Kreuzung zwischen
Bonanza und Klapprad. Es ließ sich

ganz klein zusammen legen, so dass es
in jedem Kofferraum passte. Trotzdem
konnte man die Lenker entweder ganz
heraus ziehen oder ganz hinein fahren,
so dass es sowohl für Kinder wie auch
für Erwachsene einstellbar war. Dazu
hatte es ganz dicke Vollballonreifen, so
dass man beinahe über jeden Bordstein
fahren konnte, ohne etwas zu beschä-
digen.
Für uns und hier geradezu ideal.
Oft waren tags beide mit dem Rad
unterwegs. Der Große fuhr und trat und
der Kleine stand hinter ihm auf dem
Gepäckträger und hielt sich beim
Großen an den Schultern fest. Das sah
lustig aus, wie eine Zirkusnummer.
Bisher hatte es morgens immer Diskus-
sionen gegeben, wer denn nun dran ist,
frisches Baguette zum Frühstück zu
holen.
Ab jetzt wollten beide Buben gerne den
Job machen, weil man mit dem Fahrrad
fahren konnte.
An einem Morgen wachte der Kleine

zuerst auf und fuhr Baguette holen.
Inzwischen richtete ich den Frühstücks-
tisch und kochte Kaba und Kaffee.
Derweil brachte der Große schon das
Zelt in Ordnung. Denn wir waren zwar
mit Wohnwagen da, aber die Buben
wollten lieber im eigenen Zelt schlafen.
Deshalb hatten wir immer auch ein
kleines Zelt dabei.
An diesem Morgen aber mussten wir
sehr lange auf den Kleinen warten.
Das beunruhigte mich und ich ging ihm
ein Stück entgegen.
Da kam er, das Rad schiebend, und mit
Tränen in den Augen, endlich um die
Ecke.
Schon von Weitem hatte ich erkannt,
dass ihm wohl etwas Schreckliches pas-
siert sein musste.
Er blutete nicht nur an den Händen und
Ellenbogen, sondern auch seine Zehen
und Knie waren blutig.
Er wollte besonders schnell sein und
war dabei mit den Füßen von den Pe-
dalen gerutscht und gestürzt. Das war

auf diesen Wegen besonders drama-
tisch, weil sie aus scharfem Lava-
Schotter bestanden.
Sofort setzte ich ihn auf einen Stuhl und
begann mit der Behandlung. Eine
Notfallapotheke hatten wir natürlich
immer dabei.
Doch als ich mit Sepso begann, die
Wunden etwas zu reinigen, brüllte er
vor Schmerz, wie am Spieß!
In dem Moment spürte ich eine Hand in
meinem Nacken. Als ich mich um sah,
erkannte ich unsere Zeltnachbarin mit
einem kleinen Köfferchen.
Sie schob mich sanft beiseite und machte sich an die Arbeit.
Sofort erkannte ich, dass sie es profes-
sionell machte. Und auch an dem Inhalt
ihres Köfferchens erkannte ich, dass sie
vom Fach sein musste.
Fachmännisch säuberte sie nun die
Wunden und der Kleine gab keinen laut
von sich.
War er nur so still, weil es jetzt eine
fremde Person machte oder brannte es

wirklich nicht, was sie da verwendete?
Egal, ich war froh, dass er nun so gut
versorgt wurde.

Als sie fertig war erklärte sie mir, dass
er Wasser und Sand möglichst meiden
sollte und dass sie heute Abend wieder
nach ihm schauen würde.

Bei der guten Behandlung waren die
Wunden tatsächlich in ein paar Tagen
wieder fast verheilt.

Am Schluss fragte ich sie, ob sie mir
von dem roten Wundermittel etwas
geben könne, was sie dann auch tat.

Dieses Fläschchen mit der roten Tinktur
gibt es heute noch in unserer Hausapo-
theke. Nur habe ich den komplizierten
Namen vergessen. Deshalb trägt es dic
Aufschrift "Madame Anie“, denn so
hieß unsere Nachbarin.

21. DER ERSTE KUSS

Jetzt war der Große schon 18 und fuhr immer noch mit in den Familienurlaub. Dieses Jahr allerdings schon mit dem eigenen Motorrad.

Durch Urlaubsjobs hatte er sich so viel Geld nebenbei verdient, so dass er sich eine 500 Enduro kaufen konnte.

Stolz fuhr er vor uns her, obwohl es mit einer Geländemaschine gar nicht so einfach ist, 1000 km auf der Straße zu fahren.

Ich ließ ihn immer vor uns fahren, damit ich ihn im Auge hatte und damit er das Tempo und die Pausen bestimmen konnte.

Heil und ohne Probleme kamen wir nach zehn Stunden auf unserem Campingplatz in Südfrankreich an.

Eigentlich lief alles wie sonst. Wir bauten auf und gingen an den Strand.

Und doch war dieses Jahr manches anders.

Der Große sprach inzwischen perfekt
französisch und hatte schnell viele
Freunde gefunden.

Als wir an einem Morgen gemeinsam
an den Strand kamen, stürmten drei
hübsche junge Französinnen auf ihn zu
und begrüßten ihn mit Küsschen links
und Küsschen rechts.

Da schaute sich die Hübscheste nach
mir um und erkannte, dass ich wohl der
Vater war.

Flugs bekam auch ich ein Küsschen
links und ein Küsschen rechts, und dass
ganz ohne!

Dabei schauten natürlich alle Nachbarn
ringsum neugierig zu.

Das war eine recht erotischc Situation,
aber es passierte nichts Ungewöhnli-
ches, was vielleicht mancher Nicht-
kenner nicht verstehen mag.

Aber ich bekam nur einen ganz roten
Kopf, so als hätte ich heute schon zu
viel Sonne abbekommen.

Sofort sprangen die vier ins Wasser. Ich
baute den Sonnenschirm auf und setzte

mich darunter.

Jetzt ließ ich die Situation noch einmal Revue passieren.

Eigentlich gab doch gar keinen Grund, rot zu werden! Ich war doch nur als der Vater begrüßt worden, das mussten doch alle gesehen haben!

Da verschwand die Gesichtsröte und es stellte sich sogar ein Gefühl des Stolzes ein.

Diese und ähnliche Szenen spielten sich an den folgenden Tagen immer wieder ab und ich genoss sie inzwischen regelrecht, denn andere Väter schienen jetzt eher auf mich neidisch zu sein.

Auf jeden Fall wurde dies ein recht interessanter und abwechslungsreicher Urlaub.

22. SIEBEN HÄUTE

Als Kind habe ich mich einmal beim Spielen ganz fürchterlich an einem heißen Ofen verbrannt.

Ich hatte eine große Wunde an der Wade. Sie war zwar groß, aber wenigstens nicht tief. So glaubte ich, dass sie bald wieder verheilt sein würde.

Doch weit gefehlt!

Durch meine intensiven kindlichen Aktivitäten schürfte ich die frische Narbe immer wieder ab. Besonders, wenn es zu jucken begann und ich unbewusst kratzte.

Da erzählte mir meine Mutter, dass ich viel Geduld haben müsse, denn der Mensch habe sieben Häute, die alle erst wieder nach und nach zuheilen müssten. Was aber in Wirklichkeit gar nicht stimmt, denn der Mensch hat nur drei Häute, die Oberhaut, die Lederhaut und die Unterhaut. Aus der Lederhaut von Tieren wir das Leder gegerbt.

Also übte ich mich in Geduld und tat-

sächlich, bald war die Wunde zu und
brach auch nicht mehr auf.

Eines Tages beobachtete ich meine
Mutter, wie sie im Bad auf der Ablage
sieben Döschen mit Hautcreme nebeneinander stellte aus denen sie sich unter-
schiedlich bediente.

Ich machte mir so meine Gedanken,
kam aber zu keinem befriedigenden Er-
gebnis.

Da fragte ich meine Mutter, warum sie
so viele verschiedene Creme- Sorten
hätte.

Ja, meinte sie belehrend, dass jede Haut
ihre spezielle Creme bracht.

Die Antwort war mir aber nicht befrie-
digend und ich fragte zurück:

*„Woher weißt du denn, welche Haut bei
dir gerade die Oberste ist?"*

23. DIE OHRFEIGE

Ich saß in einem Strandcafe bei einem gemütlichen Bier. Neben mir ein Einheimischer, dem Aussehen und dem Geruch nach ein Fischer.
Nach dem fünften Bier war er redselig geworden. Er erzählte gerade seinen Kumpels, wie schwer sein Leben immer schon gewesen sei. Dabei holte er ganz weit aus.
Als Kind hatte er schon sehr früh erst seinen Vater im Krieg und dann seine Mutter durch eine schwere Krankheit verloren.
Geschwister hatte er nicht, so gab es nun auch keine Familie mehr.
Man steckte ihn in eine Erziehungs-anstalt, so nannte man die Einrichtun-gen zur Nazizeit. Dort hatte er we-nigstens eine Gemeinschaft.
Aber auch dort war es hart.
Besonders die Erzieher machten manch-mal böse Spiele mit uns.
Sehr beliebt war das *Ohrfeigenspiel*.

Alle Umstehenden wetteten wer die meisten Ohrfeigen wegstecken konnte. Dafür zahlten sie jedes Mal eine Mark in eine Kasse.

Wer die Ohrfeigen ertrug ohne zu weinen, bekam für jede Ohrfeige eine Mark als Belohnung.

Ich, sagte er ganz stolz, habe jedes Mal zehn Mark zusammen bekommen, weil ich alle ausgehalten habe.

Dafür konnte ich mir dann viel Süßes kaufen, um das Saure zu vergessen.

Mir schien, dass er dabei doch etwas mit bekommen hatte.

Denn der Hellste war er nicht!

24. MÄDCHENHÄNDLER

Neben dem Marktplatz gab es einen kleinen Park. Hier wollte ich ein wenig ausruhen von den Strapazen des Stadt- rundganges.

Das war nicht jeden Tag so schlimm, denn in den 14 Tagen Urlaub waren auch Tage zum Ausruhen vorgesehen.

Aber heute war es ganz besonders an- strengend, weil die Sonne es sehr gut mit uns meinte.

Ganz bewusst hatte ich mich von der Gruppe abgesetzt, damit ich mir den Tag nach meinem Belieben selbst ein- teilen konnte.

Und das was der Reiseleiter zu bieten hatte stand meistens wortwörtlich im Reiseführer, den ich immer schon vor- her gelesen hatte.

Ich suchte nach einem Schattenplätz- chen, doch die Bänke im Schatten wa- ren alle schon besetzt. Da gab mir ein Mann, der alleine saß ein Zeichen, dass er mir Platz machen würde.

Ich nahm dankend an und setzte mich.

Gleich begann er ein Gespräch.

Er wäre aus Belgien und sei hier unterwegs, um hübsche, junge Mädchen anzuwerben für ein Foto- Shuting, dadurch könnten sie viel verdienen.

Ob ich nicht welche kennen würde, fragte er mich.

Ich verneinte, weil ich hier auch fremd war.

Nach einer Weile beobachtete ich eine Frau mit einem recht hübschen Mädchen auf den Platz kommen. Sie schauten oft auf die Uhr und dann in die Runde, so als wenn sie auf jemanden warten würde.

Da stand der Belgier auf und ging auf die Beiden zu.

Was er mit ihnen besprach, konnte ich nicht verstehen. Aber darauf nahm er das Mädchen an die Hand und führte es alleine in eine nahe Gaststätte.

Jetzt wurde ich neugierig. Ich wollte ihm zwar nicht folgen, aber zufällig konnte ich beide durch ein Fenster beobachten. Da fiel mir auf, dass der Belgier, unbeobachtet geglaubt, in das Glas des Mädchens ein weißes Pulver schüttete, während sie auf der Toilette war.

Das machte mich misstrauisch!

Doch was konnte ich tun?

Da fiel mir die Frau ein, die mit dem Mädchen gekommen war. Sie saß noch auf der Bank uns gegenüber. Ich ging zu ihr und fragte sie, worauf sie warte. Doch sie meinte nur, dass sie mir nicht Rechenschaft schuldig sei.

Ich entschuldigte mich und gab ihr zu versehen, dass da mit dem Mädchen, mit dem sie gekommen sei, etwas nicht stimme.

Nun wurde auch sie hellhörig und fragte, was ich denn meine.

Genau in dem Moment sahen wir beide aus der Gaststätte kommen und zu einem Lieferwagen gehen, der mit verdunkelten Scheiben und laufendem Motor auf der anderen Seite der Straße stand.

Sie sprang auf und wollte zu dem Auto laufen. Ich hielt sie zurück und meinte, es sei jetzt besser sich das Auto und das Kennzeichen zu merken und Anzeige zu erstatten. Denn wir zwei könnten gegen das fahrende Auto ohnehin nichts ausrichten.

Genau das taten wir. Die nächste Polizeiwache war nicht weit. Und wir berichteten was ich gesehen hatte.

Darauf reagierte der Beamte unheimlich schnell, indem er alle Ausfallstraßen des kleinen Städtchens überwachen ließ.

Es dauerte auch nicht lange, da kam eine Rückmeldung, dass man das betreffende Fahrzeug gestoppt hätte. Bei einer Überprüfung ergab sich, dass sowohl das Fahrzeug, wie auch das Nummernschild gestohlen waren.

Und zu dem Mädchen, das bewusstlos im Wagen lag, konnten die drei Männer auch keine plausible Erklärung abgeben.

Jedenfalls wurden die Männer festgenommen und zum Verhör auf die Wache gebracht.

Nach ergiebigen Verhören ergab sich, dass man einer Mädchen-Schmuggler-Bande auf die Spur gekommen war.

Schon in vier Wochen könnte der Prozess beginnen, denn dies waren die letzten Mosaik -Bausteinchen, die noch gefehlt hatten.

Ich wurde gefragt, ob ich bereit wäre, als Zeuge aufzutreten.

Für die noch verbleibende Zeit bekäme ich sogar Personenschutz, denn man wusste ja nicht, wie weit der Arm der Bande reichen würde.

Mir wurden zwei Personen zugeteilt, die mit mir bald Kontakt aufnahmen sollten.

So etwas hatte ich noch nie miterlebt. Deshalb erkundigte ich mich, welche Bewegungs - Einschränkungen ich hätte.

Die beiden meinten, dass ich mich frei bewegen könne.

Gut, sagte ich, morgen möchte ich an den Strand fahren, ob sie etwas dagegen hätten.

Nein.

Am nächsten Morgen standen beide, wie verabredet, um 8 Uhr bei mir vor dem Hotel. Kurz darauf stieg ich in mein Auto und fuhr los. In angemessenem Abstand folgte mir die beiden.

Ich fuhr auf einen Parkplatz hinter einer Düne. Sie parkten genau neben mir.

Nun schien es ein Problem zu geben, denn ich hatte vergessen zu sagen, dass ich an einen FKK -Strand gehen wollte.

Als ich es ihnen jetzt sagte, waren beide erstaunt, denn das kannten beide noch nicht.

Ich fand zuerst die Fassung wieder und versuchte zu erklären.

Ich würde jetzt dort zu der Gruppe Jugendlicher gehen, mit denen ich gestern schon Volleyball gespielt hatte.

Es wären sehr nette Leute, von denen keine Gefahr ausginge.

Der etwas ältere Bewacher meinte darauf, dass er da nicht mit hin ginge. Gut, sagte ich, ich schlage vor, sie bleiben

hier liegen und ihre Kollegin, die ich als
sehr sportlich einschätzte, geht mit mir
dort zu den Leuten zum Volleyball
spielen.
Sie schaute mich abschätzend an und
nickte nur.
Darauf zog ich mich aus und klemmte
mir eine Decke und etwas zu trinken
unter den Arm.
Sie machte mir stumm alles nach. Dann
setzten wir uns beide in Bewegung in
Richtung Strand. Sie nahm nur einen
kleinen Stoffbeutel mit, was sie darin
hatte,wusste ich nicht.
Im Gehen hatte ich mich vorgestellt.
Übrigens sei es am FKK üblich, sich zu
duzen. Darauf nannte auch sie ihren
Vornamen. Ich sollte sie Renate nennen.
Bei der Truppe angekommen, wurde ich
wie ein alter Freund sehr freundlich
begrüßt, von den Mädchen sogar mit
Küsschen auf die Wange, wie es dort so
üblich war. Aber auch Renate wurde
freudig begrüßt, als meine Bekannte.
Schnell war die Begrüßung abgeschlos-

sen und man begann das erste Spiel vor zu bereiten.

Die Mannschaften wurden ausgelost, damit nicht immer die Gleichen zusammen spielen konnten.

Zufällig waren Renate und ich in der gleiche Mannschaft gelandet. Ja, sie wollte sogar neben mir spielen.

Da es noch nicht so warm war, lief das Spiel ganz flott und nach 15 Minuten führten wir schon 10 zu 5! Und das hauptsächlich wegen des guten Körpereinsatzes von Renate. Mir schien, das sie sicher schon irgendwo in einer Mannschaft gespielt haben musste.

Nach einer halben Stunde war das erste Spiel schon gewonnen und alle spürten, dass es Zeit war für ein erstes Bad.

Auch im Wasser blieb sie an meiner Seite, aber doch sicher nicht weil sie Angst hatte oder weil sie mich beschützen sollte.

Ich genoss es sichtlich, denn sie war eine angenehme Begleiterin.

So verging ganz schnell der Vormittag.

Zur Mittagszeit packten alle ihre mitgebrachten Lunchpakete aus.

Daran hatte ich nicht gedacht.

Aber das ist an einem FKK kein Problem. Ich hatte den Eindruck, dass
einige extra große Pakete eingepackt
hatten, um sie dann mittags zu verteilen.
So wurden wir auch dicke satt.

Dann legte man eine kleine Ruhepause
ein, wobei sich dann die Pärchen in
ihren Strandkorb zurück zogen. Die
anderen blieben aber in unserer gemein-
samen sehr geräumigen Sandburg liegen. Gegen Sonne waren kleinere
Sonnensegel aufgespannt. Dort war es
gut auszuhalten.

Ich legte mich mit dem Oberkörper in
den Schatten, ließ aber die Beine in der
Sonne, so wie ich es auch zu Hause im
Garten oft tat. Dann machte ich ein paar
ganz tiefe Atemzüge und war im nächsten Moment auch schon eingeschlafen.
Nach 20 Minuten wachte ich wieder auf
und hatte ausgeschlafen.Als ich mich
umdrehte bemerkte ich, dass Renate

sich inzwischen ganz dicht neben mich gelegt hatte. Sie lag so nahe, dass ich sie hätte berühren können, ich wagte es aber nicht. Jetzt hatte ich aber Gelegenheit, sie einmal ganz nahe zu beobachten.

Ja, sie war nicht nur sehr sympathisch, sondern auch sehr hübsch mit einem tadellosen Körperbau. Kein Pfund, wo es nicht hingehörte!

In diesem Moment machte sie auch die Augen auf und wir lächelten uns für einen Moment an.

Schon war sie wieder aktiv und fragte leise, ob wir nicht etwas unternehmen sollten. Wir sprangen auf und machten einen kleinen Strandspaziergang, wobei Renate ihren Stoffbeutel mit nahm.

Gegen Abend wurde dann noch eine Runde gespielt und auch wider gebadet. Dann ließ jeder für sich den Tag ausklingen.

Plötzlich hörten alle einen Schuss ganz in unserer Nähe.

Sofort sprang Renate auf, mit der durchgeladenen Pistole in der Hand.

Sie gab mir ein Zeichen und wir rannten hintereinander her zurück zum Parkplatz.

Ihr Kollege hatte geschossen, weil zwei Typen versucht hatten sich uns am Strand anschleichend zu nähern. Darauf hatte er ihnen einen Reifen zerschossen.

Sofort waren sie mit dem demolierten Auto verschwunden.

Unklar blieb aber, wem der Angriff wohl gegolten haben könnte.

Am FKK kam es öfter vor, dass sich Späher anschlichen, um von nackten Leuten heimlich Fotos zu machen.

Egal, die Gefahr war vorbei und wir gingen zum Strand zurück, um unsere Sachen zu holen.

Natürlich wollten jetzt alle wissen, was das auf sich hatte.

Da erklärte Renate kurz und knapp, dass sie nicht meine Freundin, sondern meine Aufpasserin sei. Weiteres würden sie sicher in den nächsten Tagen in der Zeitung lesen können.

Dann kam der Prozess.

Er lief ab, wie erwartet mit der Verurteilung der Schuldigen, weil alles akribisch vorbereitet worden war.

Nun war der Druck gewichen und ich konnte wieder tun und lassen, was ich wollte.

Da meldete sich Renate bei mir und fragte, wann ich wieder an den FKK zum Spielen fahren würde, sie wäre gerne wieder dabei.

Wir verabredeten uns und es wurde wieder ein schöner und langer Tag.

Zum Abendessen lud sie mich zu sich nach Hause ein und so ließen wir den Tag mit einer Flasche Rotwein gemütlich ausklingen.

Erst am nächste Morgen kam ich wieder in mein Hotel zurück.

25. URLAUBSUNFALL

Dieses Mal war ich ganz alleine im Urlaub auf Rügen. Keiner hatte Zeit und keiner hatte Lust im Herbst einen Strandurlaub zu machen.

Ich aber brauchte gerade ganz dringend eine Auszeit.

Täglich machte ich ausgedehnte Strand-Spaziergänge und wenn es schön warm war badete ich sogar.

Das war richtig erholsam und nach meinem Geschmack.

Als ich die nähere Umgebung zur Ge-nüge durchwandert hatte, lieh ich mir ein Fahrrad, um die weitere Umgebung kennen zu lernen.

Da waren die Hünengräber, aber außer ein paar großen Steinen gab es auch nicht viel zu sehen.

Dann machte ich größcrc Touren. Inte-ressant war die Strecke auf der Ostseite entlang der langen Steilküste.

Immer wieder stand ich nahe am Ab-grund und konnte die ganze Gegend übersehen.

Als ich das letzte Man hielt, kam es mir so vor, als hätte da jemand gerufen. Aber durch den Wind und den Wellengang hatte ich nicht orten können, woher der Ruf gekommen sein könnte.

Ich blieb still stehen und wartete, ob sich der Ruf wiederholen würde.

Und da, tatsächlich da hörte ich es noch einmal.

Eine verzweifelte Stimme rief ganz leise um Hilfe! Die Stimme musste von unten kommen. Ich stellte mein Fahrrad hin und beugte mich nach unten überden Abgrund. Aber ich sah nichts.

Dann bemerkte ich links neben mir eine schmale Spalte nach unten führen. Hier erkannte ich auch jetzt deutlich feine Schleifspuren. Also kletterte ich hier ein Stück hinunter.

Da war die Stimme wieder, jetzt aber recht nahe. Also kletterte ich weiter hinunter.

Nun sah ich eine Frau an einem Busch hängen. Vorsichtig kletterte ich zu ihr herunter. Ihr rechter Fuß hatte sich in einer Astgabel verfangen und mit der linken Hand hielt sie sich an einem anderen Ast fest.

Sie musste etwa 3 Meter von oben in die Tiefe gestürzt sein und war an diesem Ginstergebüsch hängen geblieben.

Zuerst musste ich sie nun beruhigen, aus ihrer misslichen Lage befreien und gleichzeitig sichern. Das war gar nicht so einfach, aber es gelang mir. Ich konnte sie auf einen kleinen Felsvorsprung setzen, so dass sie erst mal etwas verschnaufen konnte.

Ich fragte, ob sie Durst hätte und sie meinte, dass sie stundenlang nun schon nichts getrunken hätte.

Also kletterte ich die 3 Meter wieder nach oben, um von meinem Rad meine Trinkflasche zu holen. Dabei prüfte ich gleich, wie unser Rettungsweg aussehen könnte

Nachdem sie etwas getrunken hatte ging es ihr schon wieder besser.

Jetzt hielt ich es für ratsam, mit ihr gemeinsam die Rettung zu besprechen.

Hilfe holen, wäre ein Weg gewesen, aber dazu fehlte eigentlich die Zeit, denn es würde sicher bald dunkel werden. Außerdem wollte,- nein sollte ich sie hier absolut nicht alleine lassen.

Dummerweise waren wir hier offensichtlich ganz alleine, so dass ich auch nicht auf andere Hilfe bauen konnte.

Ich schlug vor, sie sozusagen vor mir her nach oben zu schieben, bis wir den oberen Rand wieder erreicht hätten. Es gäbe genügend Halt, so dass wir nicht abrutschen könnten. Zum Glück hatte sie lange Hosen an, das vereinfachte die Sache.

Sie war einverstanden.

Und so begann ich ihr zu erklären, wo ihr nächster Halt sein sollte.

Der erste Schritt klappte schon mal ganz gut. Auch der nächste, obwohl der schon viel größer sein musste, um wieder guten Halt zu bekommen.

Auch der ging gut.

So arbeiteten wir uns Schritt für Schritt

nach oben, bis sie wieder über die Kante schauen konnte. Da kam schon ein leichtes Freudengefühl auf.

Endlich saßen wir beide nebeneinander auf der Erde des Plateaus.

Jetzt strahlte sie mich an, obwohl ihr rechter Fuß ganz sicher noch mächtig schmerzte.

Zuerst schauten wir uns nun ihren rechten Fuß an. Jedenfalls war er enorm angeschwollen, aber immerhin konnte sie damit auftreten. Das war wiederum ein gutes Zechen.

Ich nutzte diesen Moment, um mich vorzustellen.

Aber sie nannte mir nur ihren Vornamen und das Hotel. Das war die Ferienbungalowanlage Schwanck in Sagard.

Egal, dann würde ich sie einfach mit ihrem Vornamen Elfi ansprechen.

Mir war eingefallen, dass ich immer einen Riegel Mars dabei hatte, für den Fall, dass ich unterwegs Hunger bekommen sollte. Den holte ich heraus und gab ihr den zu essen.

Dann schlug ich vor, sie auf meinem
Fahrrad nach Hause zu schieben.

Das war ein ganz schön anstrengendes
Unterfangen, aber nach einer Stunde
erreichten wir das Hotel.

Unbedingt sollten wir nun zuerst einen
Arzt aufsuchen, um feststellen zu lassen, wie schlimm die Verletzung ist.

Das Hotel hatte sogar einen Hausarzt,
der aber auf dem anderen Ende des
Ortes wohnte. Also müssten wir dort
wohl hinfahren, aber nicht mit dem
Fahrrad, warf ich gleich ein.

Dummerweise hatte ich aber kein
anderes Gefährt dabei.

Da sagte Elfi, dass das kein Problem
sei, denn sie hätte ja ein Auto, nur
könne sie es jetzt wohl nicht selbst
fahren.

Sie gab mir den Schlüssel und bat mich
vor zu fahren.

Ich ging hinaus auf den Parkplatz und
wollte das Auto suchen, aber sie hatte
mir gar nicht gesagt, wonach ich suchen
sollte. Also ging ich durch die Reihen

und suchte, während ich immer wieder die Taste auf dem Schlüssel drückte. Aber es tat sich nichts. War der etwa inzwischen gestohlen worden, ging mir durch den Kopf?

Es blieb mir nichts anderes übrig, als wieder zurück zu gehen und nach dem Kennzeichen oder der Automarke zu fragen.

Da lachte Elfi und meinte, so einfach mit dem Schlüssel findest du den nicht, denn es ist ein Oldtimer.

Schnell war der Wagen gefunden und auch vor gefahren. Das machte mir richtig Spaß, denn es handelte sich um einen alten Citroen DS 22, einer der wenigen Wagen aus der letzten Serie in dieser Form. Ursprünglich mal mein Traumwagen, den ich schon immer mal gerne gefahren hätte.

Natürlich musste ich kurz erst alle Funktionen studieren, aber das ging schnell und wir waren fahrbereit.

Ich schob den Beifahrersitz ganz nach hinten, damit das Einsteigen für Elfi bequemer war und schon ging es los.

Tatsächlich, in dem Auto fährt man, wie in einer Sänfte, musste ich feststellen.

Man spürt keinerlei Unebenheiten der Straße, denn der hat eine Luftfederung.

Genau so hatte früher die Reklame für diesen Typ immer gelautet.

Schnell waren wir beim Arzt und wurden, nach Schilderung des Falles auch sofort behandelt.

Zum Glück stellte sich nach der Röntgenaufnahme heraus, dass es nur eine kräftige Bänderzerrung sei. Das bedeutete aber, dass der Fuß mindestens zwei Wochen geschont werden musste.

Nachdem der Arzt das Gelenk fachmännisch verbunden hatte, konnten wir wieder fahren. Natürlich bekam Elfi ein paar Krücken ausgeliehen, die der Arzt zufällig sogar greifbar hatte und uns gleich mit gab.

Das Gelenk sollte ja nicht belastet werden. Außerdem hat er noch ein paar Schmerztabletten für den Fall größerer Schmerzen verschrieben.

Nun konnten wir wieder gehen, besser gesagt humpeln, aber mit den Krücken ging es sehr gut. Nur sah es recht schlimm aus.

Zuerst also zur Apotheke, um die Tabletten zu holen.

Schräge gegenüber war ein Kaffee. Da schlug Elfi vor, dort einen Kaffee zu trinken.

Natürlich wurden wir immer wieder gefragt,was denn passiert sei, denn Elfi schien hier wohl Stammgast zu sein, sie wurde hier sogar mit *von Borkow* angesprochen. Also eine Adelige aus dem Norden, schien mir. Deshalb hatte sie mir nicht ihren Nachnamen genannt, um mich nicht zu irritieren. Ich fragte aber jetzt nicht nach. Sicher würde sie mir gelegentlich ihre Familiengeschichte erzählen.

Gerne erzählte sie dafür jetzt ihre Story mit dem Absturz an der Steilküste, denn nun war ja alles gut überstanden. Manchmal war ihre Schilderung sogar noch etwas dramatischer, als es tatsächlich gewesen war.

Ich hörte jedes Mal amüsiert und aufmerksam zu.

Nun wusste also bald der ganze Ort was passiert war. Mir schien, dass Elfi es beinahe darauf angelegt hätte.

Sogar ein Reporter der örtlichen Zeitung, der zufällig im Lokal war interessierte sich für ihre Schilderung und fragte sie am Ende, wer sie denn nun betreuen würde.

Ehrlich gesagt, hatten wir uns darüber noch nicht den Kopf zerbrochen und auch nichts festgelegt.

Aber sie antwortete, dass sie doch einen guten Betreuer hätte und zeigte dabei auf mich!

Als wir wieder zum Auto humpelten entschuldigte sie sich für ihre forsche Antwort. Sie wollte nun wissen, ob ich bereit wäre, sie so lange zu betreuen. Ihr Bungalow sei so groß, dass auch für mich genügend Platz sein würde.

Ich überlegte kurz und nickte nur.

Damit war das Thema vorerst erledigt.

Der Bungalow war wirklich riiiiiiesig! Aber sie erklärte mir, dass sie ihn nun schon zum sechsten Mal bewohne und sich deshalb so an ihn gewöhnt habe, außerdem sei er immer schon für sie reserviert.

Nun musste ich wohl reagieren.

Nach dem ausgezeichneten Mittagessen lud ich mein Fahrrad in den Kofferraum und fuhr in mein Hotel.

Ehrlich gesagt, war mein einfaches Hotelzimmer keineswegs mit dem Bungalow zu vergleichen.

Auch die Verpflegung war dort viel besser, denn es handelte sich immerhin um ein drei Sterne – Hotel.

Sollte das die Belohnung sein für meine Hilfe?

Die nächsten vierzehn Tage vergingen schnell, denn wir hatten uns viel zu erzählen.

Am Ende unseres Urlaubs fuhren wir gemeinsam nach Hause.

Die Sänfte Citroen DS 22 fahren wir heute noch gemeinsam!

26. DER REISSVERSCHLUSS

Gemütlich bummelte ich durch die Stadt, ohne Eile einfach um zu sehen, ob es etwas Besonderes gäbe.

Als ich beim Obst- und Gemüseladen vorbei kam, standen dort einige Leute in einer Schlange. Ich schaute durch das Schaufenster, sah aber nur Kartoffeln!

Ich fragte eine Kundin, die direkt vor der Tür stand, was es dort gäbe. Sie antwortete ganz stolz, dass es in einer Stunde heute Südfrüchte geben würde.

So stellte ich mich auch hinten an die Schlange so etwa als Fünfzehnter. Ich rechnete mir aus, dass ich auf dem Platz noch Glück haben könnte, etwas zu bekommen.

Was es wohl heute geben würde, philosophierte ich so vor mich hin.

Nur Orangen oder ausgetrocknete Mandarinen? Oder vielleicht doch mal Ananas, Mango oder sogar Papaya. Ganz interessant sei auch die Jackfrucht. Sie soll ganz verführerisch nach

vielen verschiedenen Früchten schmecken, dafür aber einen eigenartig fau-
ligen Geruch haben. Ich würde sie aber
auf jeden Fall probieren.
Jäh wurde ich aus meinen Träumen
gerissen, denn plötzlich wurden alle
Wartenden unruhig. Aber es war nur die
Sonne heraus gekommen und alle ver-
suchten etwas auszuziehen. Denn am
Tage hatte es noch geregnet, deshalb
waren alle etwas dicker angezogen.
Auch die junge Frau vor mir wurde
ganz unruhig. Ich fragte, was sie hätte
und sie meinte, dass sie ihren Reißverschluss an ihrem dicken Trainings-
anzug nicht wieder auf bekomme, denn
der klemmte. Sie begann übcrall zu
ziehen und er gab sogar wirklich nach.
Aber er war nun vom verkehrten Ende
geöffnet, weil er beim Schließen unten
nicht richtig cingerastet worden war.
Jetzt hatte sie den Verschluss aber
immer noch stramm unter dem Kinn
und der ging weder hin noch her.
Die Frau fragte mich, ob ich eine Sche-

re oder ein Messer dabei hätte, damit sie den Reißverschluss aufschneiden könne.

Natürlich hatte ich nichts dabei, warum auch, ich war ja nur spazieren gegangen.

Da begann sie es mit Gewalt!

Ich stoppte sie und meinte, dass ich ihr schon helfen könne, aber ich hätte meine Bedenken, dass ihr Mann etwas dagegen haben könne. Denn ich sah, dass sie einen Ehering trug.

Sie meinte, dass nicht ihr Mann, sondern der Reißverschluss jetzt das Problem sei. Sie würde alles geben, wenn sie nur aus diesem heißen Anzug heraus käme. Aber sie schwitze nicht nur, sondern sie hatte auch eine heiße Figur!

Ich solle ihr, um Gottes Willen, schnell helfen.

Ich zog zuerst auch meine Jacke und den Pulli aus, denn das gäbe jetzt bestimmt eine heiße Nummer.

Ich beugte mich vor und begann ganz vorsichtig mit beiden Händen Haken für

Haken von links und rechts wieder einzuhaken, möglichst ohne sie zu berühren.

Das dauerte.

Aber wir hatten ja Zeit, denn das Obst war noch lange nicht da.

Mir rann inzwischen auch der Schweiß über das Gesicht und in die Augen, aber ich ließ mich nicht beeindrucken und machte weiter.

Ich hätte mit ihr ja auch um die Ecke in den Schatten gehen können, aber das kam gar nicht in Betracht. Denn inzwischen schauten nicht nur die Leute aus der Schlange auf meine Finger, sondern es waren auch noch andere stehen geblieben. Nur gut, dass es noch kein Handy mit Kamera gab, sonst wären wir sicher sofort gefilmt worden.

Nun kam die engste Stelle, wo der Verschluss sich stramm über ihren Busen spannte. Vorsichtig versuchte ich etwas Abstand zu gewinnen, aber es war kein Platz.

Da sagte sie beruhigend, nun machen

Sie schon!

Also machte ich weiter, ohne mit der Wimper zu zucken.

Endlich war ich unten angelangt, ich kniete inzwischen vor ihr, als wollte ich um ihre Hand anhalten.

Dann war ich fertig und erfasste den Verschluss, bewegte ihn ein paar Mal nach links und nach rechts und schon gab er nach. Sofort zog sie das Oberteil aus und ein wohlgeformter Körper kam zum Vorschein.

Da sagte sie einfach nur „*Danke*" und packte mich gleichzeitig bei den Ohren und gab mir einen kräftigen Schmatzer auf die Wange!

In dem Moment trat die Verkäuferin vor den Laden und verkündete, dass die Südfrüchte erst morgen kommen würden, der Laster habe unterwegs eine Panne bekommen.

Wer aber Kartoffeln haben möchte darf stehen bleiben, ergänzte sie.

Alle Leute gingen nach Hause.

Noch oft begegnete ich dem Paar in der

Stadt. Jedes Mal lachten wir und an und
sie sagte jedes Mal erneut „*Danke*".
Ganz sicher hatte sie das Geschehene
schon längst ihrem Mann erzählt.
Denn er reagierte ebenso freundlich.

27. CORONA

In der Jahren 20/21 wütete das Corona -
Virus auf der ganzen Welt. Mancher
wird sich vielleicht noch daran erinnern,
sofern er es überlebt hat. Denn es gab
mindestens 2,4 Millionen Corona - Tote
insgesamt.
Die Pharmaindustrie arbeitete mit
Hochdruck an der Entwicklung eines
wirksamen Impfstoffes.
Bereits nach zehn Monaten wurde der
erste Impfstoff am 21.12.20 in Europa
zugelassen. Es folgte ein zweiter Impfstoff am 6.01.21 und ein dritter am
29.01.21.
Doch bei weltweiter Nachfrage konnte
die Produktion die Nachfrage nur
ungenügend decken.
Zwar waren in vielen Städten sogenann-
te Impfzentren aufgebaut worden, aber
es mangelte am Vaczin.
Bei uns eröffnete das Impfzentrum am
18. 01.21 um 8 Uhr.
Doch schon um 8 Uhr 20 stand kein

Termin mehr zur Verfügung, so wenig Impfstoff stand zur Verfügung.

Ich versuchte es zwei Stunden vergeblich per Telefon und per E Mail einen Termin zu bekommen, gab es dann aber auf. Schließlich war es mir egal, ob ich nun noch einen Monat länger warten müsste.

Es wurde sogar die Meldung verbreitet, dass bis Anfang May bereits alle Termine vergeben seien.

Im Fernsehen wurden am Abend verzweifelte Menschen gezeigt, die es den ganzen Tag vergeblich versucht hatten, einen Termin zu bekommen. Ein Mann berichtete sogar, dass er einen Termin 250 km weit weg entfernt bekommen habe, also deshalb 500 km fahren müsse.

Ein Wahnsinn auf der ganzen Linie!!!

Bei uns lief der Tag weiter ganz normal ab.

In der Nacht kurz vor 2 Uhr musste ich auf die Toilette. Da hatte ich eine Eingebung.

Es könnte doch sein, dass die nächsten Termine nicht erst um 8 Uhr, sondern vielleicht schon um 0 Uhr nachts frei geschaltet würden.

Ich schaltete den PC ein, verwendete die bereits am Morgen erhaltene 12-stellige Code -Nummer und siehe da fand ich ohne Mühe 14 freie Termine. Ich suchte mir eine passende Zeit aus und bestätigte.

Dann hieß es unten ganz klein, dass man auch gleich den zweiten Termin buchen solle.

Das gleich noch einmal mit der gespeicherten Code – Nummer.

Fertig!

Dann druckte ich mir die Bestätigungen aus weil es hieß, dass man diese beim Termin vorlegen müsse.

Das ganze hatte mich gute fünf Minuten gekostet. Dann konnte ich schon wieder ins Bett gehen.

Meine Frau hatte von der Aktion gar nichts mitbekommen.

Als ich ihr am Morgen sagte, das ich

bereits beide Impftermine habe, wollte sie es gar nicht glauben. Erst die Bestätigungen überzeugten sie.

Ja, sagte ich:

Der frühe Vogel fängt den Wurm!

Diese Redewendung hat zwar eine enorme Bedeutung, aber sie ist eine englische Wort - Findung. Erst seit den 1980-er Jahren ist sie in Deutschland bekannt.